고요한 동백을 품은 바다가 있다

고요한 동백을 품은 바다가 있다

정화진 시집

민음의 시 65

민음사

自序

저 들꽃 무성하던 푸른 들판이 깎여 나가고 또 낮은 산들이 깎이고 있다. 곧 대단지의 아파트가 들어설 모양이다. 아이들을 데리고 산책 나가던 그 들꽃의 공간을 잃어버린 지 두어 달은 된다. 나는 이제 이곳의 집. 이 어둠과 밝음의 경계에 놓여 있는 집을 들어내고 그 자리에 어떤 집을 지을 것인가? 기쁨이나 환희에 가까운 슬픔의 집?

이 겨울 동백이 피고, 저 남쪽 바다는 더욱 따뜻하고 맑아지리라. 아이들의 깨끗한 눈빛 속에 이 어둠 속에서 꺼낸 한 송이 붉은 꽃을 쥐어 주며 나는 마음과 귀를 저 바다 쪽에 묶어 두게 되리라.

1994년 겨울
정화진

차례

고체의 바다

탁한 강물 위로 채색된 비천함들
금 도금한 철사 다발 같은 잔광을 끌어안고 강은 흘러
간다
나무들이 검게 모습을 감춘다
미래로 나 있는 문, 그 바다는
블라인드로 가려져 토막 나 있다
불확실하게 내버려진 채 모호하게
나무와 바람과 시간의 뒤편에 쑥대머리로
아득하게 떨며 서 있다
또는 막막하게 벽처럼 절단된 채
그 바다는

강변, 그 세 겹의 무늬

목을 빠뜨리고 나가 앉은 강변은
밀리는 강물에 일렁 출렁 결을 남긴다
비가 빠져나간 자리가 검은
모래톱의 흔적은 기다림이 주르륵 밀린 자리 같다

한결같은 무늬……, 세 겹의 괴로움이다
이끌리지도 그렇다고 남아 있는 것도 같지 않은
떠 흐르는 풀잎 같은 시간의 땅은
모래다

죽음의 노래가 흘러나오는
바람의 결을 빌린 땅
목이 잠기는 고요한 버들 있다
봉두난발 마른 사람의 눈빛이 흐르다 멎는
멀리 강변에
괴로움은 깊고 깊어져
슬픔의 무늬를 짓는다

하염없이 한결같이
있는 것도 없는 것도 아닌 겹의 무늬를 주르륵

환상적인 속도

길쭉하고 가느다랗게 좌우로 흔들려 겹쳐져 눕다가 일어서는 둥글게 벌어져 길게 연둣빛 되붙는 그리고 떨어지는 그 사이로 공기인 듯 물인 듯 명아주 이파리인 듯 투명한 움직임, 작은 청거북 한 마리 졸음 겨운 눈꺼풀 밀어 열고 갸웃 벌어진 사이로 떠오르듯 건너가 사라지고, 퉁방울 눈 노랑 붕어 꼬리지느러미 가늘게 흔들며 오므리는 안으로 갇힐 듯 말듯 스미어들어 늘어져 기다란 실지렁이 분홍의 풀들 쏠리어 가볍게 열어 안을 보여 주는 열리고 닫히는 투명한 없는 그러나 움직이는

두 장의 유리판 사이에 물기가 있을 때처럼

얇은 액체 층을 사이에 두고
단단히 붙어 있어
물안개 같은 그 무엇이
아릿하게
두 장의 유리판 사이에 물기가 있을 때처럼
사람과 사람 사이에 보일 듯 말듯
그렇게 젖어

그윽한 사람

…… 왜 …… 그렇게 …… 그럴까 …… 그건 …… 그렇지만 …… 그래서 …… 그렇다고 …… 그토록 자주 아프면 …… 글쎄요라니 …… 시원찮게도 …… 그러나 …… 그래 …… 그러니까 …… 그렇게도 …… 그윽하게 …… 그치지 않고 …… 그려 놓은 …… 그림 …… 그 아래 …… 그저 …… 그냥 어쩌지도 못하면서 …… 그게 …… 글쎄 …… 그러면 …… 그 너머 …… 그리운 그늘과 그림자 …… 있지 그나마 …… 그다지도 …… 그지없이 …… 그래야만 하는 건지 …… 그렇지?

…… 그렁거리는 그득함에 …… 그을리는 …… 그을음 …… 그믐치 내리는 …… 그런 그늘이 …… 자, 그 그만 그만

늪

간헐적으로 가령 걷잡을 수 없이 우쭐대다가

바람의 갈기에 나부끼다 우두둑 떨어지고 마는 저기 저
꽃잎 가지들은 엉켜서도 허공을 향해 팔을 뻗어 올리지만
아득하게 현기증을 일으키며 꽃받침마저 버리고 시들고 연
약한 흐느낌으로 밀려와 나를 덮겠지

쓰러질 듯 쓸리고 쓸려 끈끈한 세상

흙더버기의 가장자리를 감싸 돌지만 너는

시작부터가 환상이었다가 환멸을 느끼다가 더럽게도 저
주받을 거친 날들이 돌아올 거야 중얼거리며 매혹의 추억
을 품은 채 결국 물컹거리고 말지

허허 공간 방황하는

그 거친 알갱이들이 굴러 떨어져 얼굴을 짓이길 듯

그러나 귓전에 빗방울 후둑이는 소리뿐

모호하고 애매한 형체도 없는 미묘한 흔들림이 이따금
흔들어 나를 깨우지만 모두가 내게 와선 볼을 부비다가 길
을 잃고 말아

터진 거미줄 같은 얽힌 속을 들여다 보는

서벅돌 수세미 얼굴들이 허우적 휘청 아래로 밀려 내려

오며 아우성도 없이

　끝장이군, 눈을 감은 것들이 몸을 풀어놓으며 발 디딜 곳도 없는 아 …… 완전한 벼랑, 덧없고 허망한 것이라 읊조리며

　나는 증오 자체일까?

　화염의 덩어리? 심연? 은밀함? 요동침들?

　아니 내 안은 완전한 길이 아닌가? 우리의 공통된 추락에의 공포를 썩히는 걸쭉한 거름 자루? 그러면 나는 어디로 추락하지?

　어허 저기 저, 소소리바람에 꽃잎들이 등겨처럼 마른 구더기처럼 마구 쓸려오는 것이 보이네그려

동백 그리고 기이한 바다

무거운 삶을 버릴 듯 몇몇 사람들은 헤어지고 있었다.
멀리서 마른 바람이 도시의 골목들을 훑고 온다.
겨우 한 송이 꽃망울을 차가운 대기 속에 내밀어 보
이는 동백, 무슨 불씨처럼 무거움을 조금 찢어 놓고 가는
붉은 바다 흰 갈매기 떼

정밀하고 뜨겁다
흰 풍경을 가로지르며 난바다가 다가오고 있다
기척도 없는 고요 위로 백동전 한 잎 정밀을 깨뜨리며
떨어진다
누군가 쇠사슬의 무거운 걸음으로 계절과 바다를 헤치
며 피 묻은 시간을
끌어안고 천천히 서툴게 다가선다
흰 바다 붉은 갈매기
바다의 시간은 물결 위로 덧없이 밀려왔다

거친 대륙의 멀리 어디선가 찢어지는 소리가 들려온다
간간이 기척 없이 빙판과 폭설 사이로 바다는 잠시 속
살을 드러내 보였다

바다는 벽이었다 얼음과 광선의 벽

때때로 끈끈한 타르 같기도 했던 바다
만지면 늪처럼 손가락을 잡아당길 듯 컴컴한 어둠이었던
뜨거운 기운이 훅 끼쳐온다
누군가 또 술을 마셨나 보다 때때로 텅 빈 광장과도 같
은 바다

수은등이 켜지고
무대는 파르스름하다 두부 한 모의 바다
텐트를 치고 몇몇 사람들은 검은 바다를 배경으로 눕는다
추위를 못 견디겠다는 듯이 닭털 침낭 속에 꿈틀대는
포유동물들
상현달이 지고 있었다
부서져 구멍난 조개껍질들이 널린 무대

끼루룩 죽어간 혼들이 갈매기 떼로
그 검은 무대 위에 뜬다
핏빛 동백 한 송이가 뭍의 끝 가지 위에서 피어올랐다

폭설이었다

막이 내려진 바다

빙벽인 채 우두커니 광선을 내뿜고 있던 바다

　사람들은 하나 둘 행구를 챙겨 자리를 뜬다 엄습하는
추위 또는 텅 빈 무대 그리고 광장

　눈바람이 세차게 불어온다

여름 바다

축제를 향해 달려가던 해변…… 그 발랄한 구조 또는
신선한 문장의 길들
한 잎 구절초와 이슬을 불러 모으던 강물이
풀꽃 같은 책을 펼쳐 들고 다가가던 아침 바다
때때로 우거진 숲이 들어서곤 하던
울울한 바다

하현 도드리

바다는 다만 벽처럼 서 있을 뿐이다
누군가 날마다 어두운 바다 쪽에 전조등을 들이대며 울먹거리고

그녀의 방
불이 꺼진 지도 십여 일째
저열하고 탐욕뿐인 삶 같으니라고…… 중얼거리며 긴 골목길을
돌아나가는 몇몇 사람들

팽개쳐 둔 시간을 지우며 서늘하게
한 열흘 비는 내리고
문득문득 강의 하구를 적시는 붉은 물결 또는 불가사리 떼
모래펄에 묻혀 있던 신발짝들이 떠오르다 묻히는 강의 하구
쉼 없는 낙숫물 소리

오…… 지리멸렬하고 탐욕뿐인 삶 같으니라고…… 끝없이 내리는 비

쓸쓸히 한 열흘 백일홍은 지고

후욱 흙바람에 휘몰려오는 마른 잎사귀들
추억의 잊혀져 간 바다
그 경쾌한 여름 바다

물 위의 기타

멀리 건조한 땅의 신기루와 동백이 겹치는 날
물의 가장자리가 붉다
열에 들뜬 듯 남쪽 바다가 보이고
말이나 문장 사이로 새순이 돋는 나무들이
문밖에 떨며 서 있다
그래, 그것은 또 다른 시작이었다
분주함과 사치함을 비집고
문득 기타소리
사소한 한 생애 위에 얹힌다
둥글게 번져나가는 음악
그 탄주하는 리듬의 끝으로
세상의 험한 길들이 깃을 털고 있는 어린 새들처럼
창가에 모여든다
물뱀이 지나간 느낌 같은 것으로
어떤 서늘함 또는 따뜻함이 섞인 채
좁은 출구의 문을 여는 낮은 바람소리였다
물 위에 물 위로 퉁기듯
피어나오는 리듬 그 동백
아득한 소리의 결 위로 비그르르 아이가

손을 내미는 낡은 탱화 아른거리는 길
물 밖 세상
파들대는 모든 길 위에 번져나가는
낮은 기타소리 들린다

해파리의 노래

너무나 낮은 저
물밑 꽃복숭아밭 무너지듯
줄도화돔 떼 솟구치는 바다
아 …… 그러나 출구가 없는
햇빛의 속,
찬기파랑가 …… 텅 빈 이 허공
정신은 눈부신 빈혈 아래다
오랜 가뭄의 끝 자락
혼령들이 목을 빼고 웃고 있는 아득한 높이 같은
킬킬킬킬
저 마천루의
넓디넓은 물결의 바다
계단도 없고 출구도 없는 밀봉된 생애를 끌고 이리저리
아 …… 이 막연하고 텅 빈 찬기파랑가
기파랑의 기타리스트들
둥글게 길게 번지는 리듬들
부유하는 가벼운 '아' 음들
저무는 들판의 긴 행렬의 돌아오는 지친 아낙네들
찬기파랑가 기파랑

가벼운 '아' 음들 사이의 격랑들
그림자 나무 그림자
젖어서 출렁이는 강줄기들
사람을 사랑하는 일이 너무나 쓸쓸하여
그 빈 자리에 와 앉는
슬픔들
텅 빈 이 허공 …… 아 …… 찬기파랑가
물속의 기타
킬킬킬 저 마천루의 바다를 달려나오는
기파랑의 가벼운 '아' 음들

고요한 동백을 품은 바다가 있다

토막 난 길들을 이으며 강은
탐욕스레 삶의 안팎으로 흘러간다
때로 사람들이 정처 없이 발을 빠뜨리고 마는
저 강의 하구에
물컹거리는 무덤들의 바다가 있다
무수한 분묘이장공고를 나부끼며
그 무수한 분묘이장공고를 펄럭이며
고요한 바다가
동백을 품은 채 누워 있다
낡은 옷의 사람들이 절름거리며
그들 몫의 생애를 건너가고 있을 때

쑥대머리 아득한
나무 장례식

검은 우산을 들고 한떼의 사람들이 지나갔다
비가 온다 무채색의
통나무 잘리는 소리
삶은 때때로 붉은 작약꽃밭이다
누군가 땅에 묻히고 있었으나 관을 짜는 사람들의 손은
분주하기만 하다
미나리꽝이 불쑥 몸을 밀어 올리는 들판 자욱이 만가가
피어오르고
늙은이들은 하나 둘 길을 떠난다

강물은 첩첩이 결을 이고 하구 쪽으로 몸을 흔들며 나
아갔다
바다는 한 장의 들판이다 미동도 없는 녹색의
나무들이 쑥대머리로 물에 비쳤다
그 위로 바람과 시간의 결이 강하게 그리고 또는 여리게
스쳐 지나가고 있었다
어디선가 굴착기의 굉음이 낮고 묵직하게 밀려온다
무너지거나 끊어지는 길들 위로
폭우가 쏟아졌다

우리는 때때로 뻑뻑한 강물이었다

활엽수들은 제 몸통을 넓게 펼치다가 시들고

블라인드의 줄을 쥐고 창밖을 주시하던 사람들의 시선

아래 텅 빈 광장

녹색의 바다가 천천히 그러나 격렬하게 다가오고 있었다

쑥대머리 나무들이 하나 둘 잎사귀를 떨구기 시작했다

검은 생애

1

비천함들 또는 저열함들 따위로 망가져서 내버려진 채 잊혀진 풍경을 가로지르며 삭은 이빨 같은 벚꽃은 다 떨어지고 꾸깃꾸깃 지폐 뭉치의 한 사내 비걱 휘청이며 들어선다 철거되는 집들 사이 우는 듯 웃는 듯 드러나는 부엌 아궁이들, 하루에 삼십만 원어치나 멍게를 팔았다네 한 생애의 그 벌통 같은 시간, 연일 때 아닌 폭염 사이로 빽빽하게 강물은 흘러갔다

도로확장 공사장 끊긴 길 옆으로 아직 남아 있는 낡고 낮은 집들이 쥐어뜯긴 채 우두커니 망연자실하다 공사 중 위험 팻말만 숱한 우울의 기록을 덮으며 흙바람을 뒤집어쓰고 있는 저 검은 달빛의 밤, 개나리 덤불의 천변을 흔들며 몰려오는 폭우의 기미가 들척지근하다

2

파먹었다 생애를 송두리째 그것은 거대한 압정처럼 길바닥에 쏟아졌다 교란 상태에 빠진 길들이 산산조각 부서졌다 차창에 부옇게 기어오르던 안개 무더기, 앞도 뒤도 강이었다 범람하여 길을 삼키고 말듯 뭉그러져 내리는 도심의

건물 귀퉁이들

불빛은 길바닥에 질펀하게 번져 현란하다 북성로 쇳물
내음 배어 오르는 전신주 아래 우산 검은 속에 썩은 제 살
을 파먹고 자라오르는 감자 싹처럼 지금도 푸르스름 손들
이 골목 어귀로 뻗어나온다 자정의 쓰레기 더미가 빗물에
쓸리는 길바닥에 우산 속에 쏟아졌던

그 검은
이천 원이오! 이천 원.

구토

긴 욕설을 내뱉는 한 사내가 전화박스 바닥에 우그러져
수화기를 잡아 늘어뜨린다
도둑고양이가 덤불숲으로 휑하니 부푸는 방들 커튼들
침대들 사이로 시든 분꽃을 털며 지나간다

가등도 십자가도 붉어지는 한적한 길
그 바깥으로 꺾이는 해바라기

이끌림 또는 혐오할 수밖에 없는 생략되는 시간들 사이
로 사내의 욕설과 구토가 네온 위에 핀다
모든 십자가가 구토 위에서 빛난다

황소 가죽에 대한 생각

무턱대고 생각건대
기다림이나 욕망은 시체 해부실 입구 같은 도서관이다
구정물이 듣는 밀대로 실내 청소를 하는 사람들이
웅성거리는 가죽 장정의 속,
낯설고 희끗하게 누구는 완전히 메말라서 깨끗해질 때
까지
청소를 해야 한다고 중얼거리고
똥물을 먹여야 한다고 누구는 잘 끓인 여물을
마련해야 한다고 짚을 썰어대고
그러나 저것은 죽은 것인지 살아 있는 것인지 도대체가
앞날의 통로를 막고 서서는
두터운 저것의 속은 붉은 어항일지도 모르는데
들씌워진 모든 억압으로부터 이탈을 꿈꾸는 너는 도리어
저것을 덮어쓰라는 주역의 괘를 얻고는 두문분출
견딜 수가 없었지
황소 가죽 같은 기다림이나 욕망을 견딜 수가 없어서 너는
가죽 속의 붉은 것들을 무턱대고 생각다가 그냥
그 어리석은 내용물을 포장하지도 못하고
제멋대로 자라오른 고무나무 굵은 둥치만 툭 잘라냈지

그래, 그 자른 자리 위에 물이끼 한 점을 얹어주고는

온통 너는

시체 해부실 입구 같은 가죽 속의 붉은 것들이 웅성거

리는 소리에

귀를 열어 놓고

밤늦도록 신음을 흘리고 있었지

간섭 무늬

왠지 불안했다 소주잔을 앞으로 끌어당긴다

천막은 찢어져 있다 찢어진 틈 사이로 늦여름 밤

번질거리는 포장도로, 차가운 빗줄기가 길을 깨뜨릴 듯

맹렬하다 미리 두려움을 느끼는 한 여자가 커튼 사이로 밖을

내다본다 정원은 굳어 있다 정지되어 있다 정원은 다리가

길다 다리가 긴 날짐승 같은 나무들로 빽빽하다

오늘 따라 정원은 검기만 하다

저 검은 사이로 누군가가 침입해 들어올 듯하다 불안하다 정원으로 통하는 길은

잠시 응고된 것인지도 모른다 얼음과 서리인 길은 녹다가 흐르다가

또 언다 늦여름 밤인데 길은 얼음의 강이다

엎드려 길은 깎아지른 벼랑을 물고 있다 강은 얼어 있다

길이 이토록 미끄럽다니, 누군가 떨며 수화기를 든다

가늘고 길게 신호음이 흐르다 멎는다

끼이익, 노란 중앙선이 튄다 빗줄기가 길을 꺾었다 길이

굽는다 붉게 젖는 손이 있다 유리잔들이 출렁 흔들린다

포장마차 안의 알전구는 이미 피었다

천막의 찢어진 틈 사이, 우그러진 두 대의 차량 사이

깨어져 구르는 수박, 벌겋다 이토록 길이 미끄러워서야

······ 퉤,

텅 빈 길, 공중전화 박스 안의 붉은 숫자들이 별안간

인광을 뿜어댄다

텅 빈 사람

긴 의자 쪽으로 다가오는 사람이 있다

꺼멓게 늙은 백일홍이 제 속을 드러낸 채
못가에 휘굽어져 서 있다 그 아래로도 긴 의자가 놓여
져 있다
새끼줄로 동이어져 있는 늙은 나무는 가등처럼 붉다
그 붉은 번질거림 아래로
팔월의 폭우가 쏟아진다 팔월의 폭우가
그는 그날 다만 그 여자를 죽이고 싶다고, 말하고 싶었다
말하고 싶었다 그런데

그날 공원은 비어 있었다

전조등을 켜 들고 경비원이 폭우를 열며 다가왔다
물끄러미 지나다가 돌아다봤다
청동의 조각상인가, 부둥켜안은, 굳어 있는 번질거림의
긴 의자
누군가 오늘 또 죽어 버릴지도 모르겠구나
저, 무거운 의자

경비원은 두렵게 돌아서서 바삐 사라졌다
그 청동의 부둥켜안음의 아래로
백일홍의 혓바닥들이 쉼 없이 떨어져 내렸다
못물은 벌겋게 충혈되어 갔다

그는 그날 그녀를 폭우 속에서 살해한 것이 분명할 것이다

쇠창살 안의,
폭우 속에서
무한히 자유로운 사람이
비어 있는 두 개의 긴 의자 쪽으로 다가섰다

경비원 또는 방음벽

방기된 상태일까
방관자일 뿐일까 사건의 핵심에 놓이지 않는
경계가 없는 나는 분명히
발을 씻고 있었는데
대야 속의 물은 왜 이리도 붉어 보이지
이 직업은 잔혹한 것일까

시체를 부풀려 바람 든 비닐봉지처럼
떠올리는 물의 그 공원은
정말 두렵다
밤낮의, 못은 끔찍하다
이 직업을 버린다면
물의 저토록 질기고도 긴 끈으로부터 나는
끊어질 수 있을까
사람들은 내 말을 잘 듣고나 있는 것일까,
내가 직업을 버린다면 여러분은
이 말의 익사체를
잘 건져낼 수 있을까?

저 무한히 자유롭기만 한 사람은
비어 있는 두 개의 긴 의자 쪽으로 다가서고
저 무한히 자유로운 사람들은
물의 이쪽과 저쪽을 가벼이 건너가고 있는데

발을 씻지 않고는
잠들 수가 없다 짧은 문장을 버리듯
누군가 밤 사이 물 위로 떠올라
또 나를 동여맬 것이다
구명대도 없는 내가 이 직업을 버릴 수만 있다면
나는 으흐흐흐

얼어붙은 입

소음이 불타는 아궁이 같은
절망의 아귀 속으로
헛구역질을 쏟아 붓는
폭설,

그 아래
검은 헛바닥을 빼물고 죽은
달변의 개들

마귀숟갈버섯 속(屬)

오, 습기 찬 바닥에

엎드려 한 세상 이불 홑청을 뜯어 객혈을 길게 뽑아내곤 하던

먼지와 거미줄 얽힌 외알박이 전구가 덜렁대는 흐릿한 방

옥양목 치마저고리 입은 것인지 아닌지 빛깔도 희끄무레 회색의

퀴퀴한 차라리 누런 삼베 같았지 진흙 덩어리라고나 할까

피 썩는 내음이었다 기억하고 싶지는 않지만 농짝 뒤에 버린

조각 난 홑청 간병도 받지 못하고 잿빛 입술은 썩어갔지

너의 종숙 역마살 곁에서 결핵투성이인 아이들 어미는

납 덩어리처럼 굳어졌다 생쌀을 씹으며 아이들 떨어진 천 인형이나

끌어안고 멀뚱멀뚱 판장담 아래 꿰맨 듯 바랜 듯

햇빛은 마당에 짧게 꺾이고 습하기만 한 마루 난간으로

자욱하게 곰팡이 아비가 돌아오지 않는 골목길 엎드려 한세상

마당에 객혈 같은 꽃들은 시들고 지고 닳은 놋숟갈 양은냄비 그을음

그런데 버섯도 엎드려 역겹게 또 한세상 포자를 날리고
또 날리고 멀리 세상 습기 찬 변두리로 아이들이 자라
서 아이들을
낳고 아이들은 자라서 기억에도 없는 무슨 세월?
생쌀을 씹다니? 보릿고개?
옥양목 치마? 어미는 죽고 아이는 살아서 기억에도 없는
옛날의 옛날 빌어먹을 되새길 게 따로 있지, 참 노망기도
많은
그만 합시다, 얘들아, 오늘은 버섯 찌개다
티뷔 좀 꺼라

음력 시월 상달

쓸개를 씹듯 제 삶을 단련하지 않으면 흐릿한 뜨물일 뿐이지. 얘야, 네 애비 죽고 석 달 열흘 잠 한숨 못 잤다. 삼동추 꽃상추 밭 지나니 음력 시월 상달, 이끼 낀 서늘한 묘비, 궂은 비가 마른 띠풀 더미를 후두둑 적신다.

어린것들은 세상 모르고 깊은 잠에 빠진 초여름 밤 느지막이 불을 철철 흘리며 오 씨 기집이 들이닥쳤지. 앉은뱅이 미싱을 내놓으라고. 빚더미에 앉은 년이 손목시계는 무슨 손목시계,

풀어 내놓으라고. 종잇조각같이 옷은 뜯겨져 나갔지.

참 아득하고도 질긴 세월, 그래도 이 묘 자락은 매번 반갑게 떼까치를 불러 놓는구나.

마당 가득 들어선 목재 공장 원목 더미가 창을 가린 그 어두운 옛집, 양철 대문 우그러지는 소리 아직도 가슴을 우빈다만, 30촉짜리 알전구가 흐릿한 쌀뜨물 같아지는 석 달 열흘. 얘야, 강철같이 제 삶을 단련하지 않으면 그 아득한 세월을 어떻게…… 어린것을 업고 2·28 기념탑 주위를 아무리 배회해도 별 하나 뜨지 않는 밤만 길었다.

늙은 가죽의 노파

뉘 집 문간채에 접붙어 살았던지
새끼를 주렁주렁 매달아 이끌고
저 앞내를 건너왔었지럴
더럽은 자식 정을 끊지를 못해, 그년 남의 집살이
못 짐작한 것 아닌데……, 에미 팔자 고스란히
이어받아설랑 절뚝절뚝
핑그르르 눈자위, 눈꼽 찌륵
몇 개 남은 이빨을 뿌리째 드러내며
피시식 웃는 노파
그것도 십수 년
부산 어디메 살고는 있다는디
소식 끊어 놓고 그년, 다리나 성해야 가 보지
탱자 꽃 후들후들
잡풀 아래 자락께 비쩍 마른 고양이 조는 듯
휘굽아 감은 마당귀에
지리고 금 간 요강 단지는 놓여

대나무

커다란 공동,
상처가 크다
온갖 것의 썩어 문드러진 자리
서늘하게 바람이 관통한다
봄인데……, 휘휘
그 뼛속이 저리도록 훤하다

긴 복도, 검은 강

열꽃으로 아이들이 죽어갔다 늙은 살구나무가 꽃을 피우는 위도 앞바다로 산란기의 조기 떼들이 몰려와 우우 수풀을 빠져나가는 바람 소리를 질렀다 아버지는 붉은 글씨를 기입했다 들짐승 울음이 옹관을 파헤치며 불빛을 깨뜨리며 애장 구덩이를 맴돌았다 우거지는 절망 끝에 땅뙈기와 회계장부를 맞바꾼 아버지는 폐탄 더미 아래 붉고 푸른 글씨를 느리게 피워내며 밀려나왔다 문경탄좌를 넘어온 몇 대의 차량이 검은 탄 더미를 대명동 빈 터 잡풀 더미 위에 쌓아올렸다 철쭉은 뚝뚝 지고 아버지는 붉은 글씨 행간 사이로 다시 끼어들어 갔다 쌓인 탄 더미를 때리는 폭풍우가 천변으로 끌고 가는 검은 강, 검은 아버지 본다 아버지는 긴 복도, 유년의 회랑을 빠져나가는 길고도 황량한 강물 소리 듣는다 흰 시트 덮인 그 적막 속으로 흘러나가는 사람, 물크레하게 번지는 새벽 긴 복도 바깥의 출렁이는 위도 앞바다에는 늙은 살구나무가 여전히 꽃을 피워댔다 어머니는 살찌고 큰 참조기 한 손을 사들고 천천히 돌아오고 있었다

횡단보도

흰 줄의,
현기증이 인다

풍경은 드물게 있는 질그릇 전으로 돌아 들어가 늘어진다
옹기들이 반질거리는 속에
음영 낀 얼굴들이 줄줄 비쳐져 나온다
로터리를 돌아나가며 바라본 풍경의 좌측
신경정신과 건물이 서 있다

팬지꽃들이 낮은 어깨를 활짝 열어 놓던 시청 녹지과 인
부들의 꽃삽에, 피어오르던 봄날의 흙 내음 안쪽에, 노란
하늘 속으로 던져 넣으며 놀던 아이들의 공깃돌 아래, 티브
이 속으로 와르르 무너지는 2·28 기념탑
검은 비문 위로 그어지는 흰 줄의 횡단보도

현기증이 인다
정신과 건물이 늘어진다
길은 다만 노랗게 열려 갑충 같은 차량들로 번질거릴 뿐
썩은 통나무를 열고

구름버섯이 돋아 오르던 시간의 뒤뜰
소루쟁이 쑥대밭 검은 탄 더미 늘어진 풍경을 덮으며
횡단보다 흰 줄무늬 선명하다

맑고 따사롭고 솜털같이 가벼운 날

4·19 세대들이 모여든다

몇몇은 이승을 떠나고 남은 자들은 늙고 볼일이 없어졌

다 무료했으므로 그것도 한낮이었지만

2·28 기념탑 아래 불러 세워졌다

뿌리가 썩은 세월이

늙은 고목으로 기념탑을 둘러싸고 있었다

한 기자가 다가가 마이크를 들이댄다

반백의 머리칼이 웃는다

얼굴 가죽이 조금 우그러진다

슬픈 표정이다 입 언저리로 번지는 웃음은 이마 쪽으로

밀려 올라간다

맑고 따사롭고 솜털같이 가벼운 날들이

잠시 허공을 가로질러 반백에게 다가왔다

시간은 탈색되었을 뿐 넝마처럼 웃는 반백

혁명은 재빨리 사전 속으로 기어들어 가 몸을 숨기고

4·19 세대들이 모여든다

몇몇은 이승을 떠나고 남은 자들은 조금씩 늙고

볼일이 없어졌다 따분한 하오의 햇살이 기념탑 비문 위

로 쏟아지는

맑고 따사롭고 솜털같이 가벼운 날

흐르는 시간

그 사이로 칼집을 내듯
기차를 탄다
구포행 열차 밤 세 시, 몇몇 사람들이 통로에 신문지를
깔고 앉아
어둠을 갉아내는 낮고 날카로운 음성을 흘린다
검은 매연을 창틈 사이로 끼워 넣는
무한히 너르고 허무한 삶의 꼬리 같은
터널 속으로 기차는 매캐하다
조는 사람들, 비둘기호 객실 떠나
희부윰한 역 대합실을 털어내듯 돼지국밥 집에 앉는다
낡은 탁자에 비린 한 그릇의 국을 움켜쥐듯 바라보는 새벽
노동자도 거지도 새벽 일꾼도 아닌 채
무한하고 허무한 생을 거느리고 눌리고 납작한 편육 속에
쫄깃한 귀 같은 시간이라도 우물거리고 싶었던 것일까
역전의 가로수들 사이로 흐르는 기차
쭈뼛쭈뼛 녹색의 귀를 세우는 나무의 이른 아침조차
희멀겋다

빈혈의 문장

수면은 파랑도 없이 몇 겹의 먼지 그 위에 돌장승 그림자 길고 짧게 들쭉날쭉하다 이렇게 사월이 끌고오는 그림자 뒤로 봄의 햇살은 유리창을 강하게 부신다 무기력하다 나는 만져지지도 않는 느슨한 사월의 문장인 채 지는 개나리가 꽃가지를 벗어나 잠시 공중에 그 허공 중에 떠 있는 것을 본다 빛은 유리창 위에 쓰러지다 이내 잦아든다 밭들이 노랗다

내 몸 안 어딘가의 실핏줄들을 끌고 사라지는 들판이 있는 사월의 그 언저리로 소리도 없이 떨어지는 장다리꽃들, 벌써 나는 보리밭을 벗어나고 있는 것인가 돌장승 그림자 길다 풋배추 속 같은 그늘이 몇 겹 내리는 오후 모든 움직임을 풀고 정밀하게 한꺼풀 고요히 내려앉는 봄의 꽃이파리들 위로 사월의 고요함이 끌고오는 또 노란 어지러운 꽃무더기

정지된 대화

그러나 생각은 미친 들개다 미루나무만 우수수 키가 자라는 뜰에 흐벅지게 열리는 목단의 음울을 읽으며 아침 새소리를 듣는다 검고 탁한 죽음의 물을 마신 듯 쓴 탕약 사발을 들어 올리는 목단의 그늘 아래 주검을 위해 쓰일 나무 잘리는 소리가 간헐적으로 둔탁하게 울린다

오랜 건조의 시간을 거쳐온 나무 그 자르는 소리가 생각의 숲 위로 솟구친다 자욱하게 날아오르는 까마귀 떼와도 같이 때때로 생각은 검불이다 미루나무만 우수수 고립되어 있는 한낱 섬에 불과한 생각

무겁게 제 이파리를 여는 목단의 이른 아침마저 마음의 어두운 구조 위에 흩어지는 무수한 꽃잎과도 같다

살구꽃 그늘

그늘은 이어져 있다
누군가의 방, 문 그리고 흰 홑청으로
그리고 거절된 입구나 구멍
창백한 것이나 여윈 것

또는 알 수 없는 시간의
이상한 굉음으로 이어지는 새벽 세 시의 무덤이나 냉장고
부드러운 듯 미끄러운 질감으로
냉동실의 얼린 고기가
풀리는 자리에 괴는 묽고 붉은
액체 같은 그늘은

삽을 들고 새벽일을 하는 사내에게로 이어져 있다
괴괴한 정적이 깔린
어스름의 솟을대문을 밀치고 사랑 마당으로 들어서는
염습 일 하는 사내
설핏 옆얼굴을 내비치며 뒤란으로 돌아가는
젊은 여자를 본다, 잊혀지지 않는 흰옷의
맑은 그 고요

적요를 할퀴는
마당은 환한 살구나무

다 식은
길고 뻣뻣하게 굳어 버린 여자의 사내를 덮어 놓은
흰 홑청을 벗겨내고
폐병으로 꺼진 목숨을 묶고 또 묶고
염을 끝내고 빠져나오는 마당에
떨어져 쌓인 꽃잎들은 어찌나 부드럽고 미끄러운지

새벽 무덤 파는 일을 마친 사내 더듬더듬 소주잔을 기울
이며 던지는 눈빛 속에 창백하게 여윈 어떤 것이 이어져서
아니 묽고 붉게 꽃그늘이
그저 환하게 이어져서 오래토록

송장메뚜기

소주 내음과 쇳가루 내음이 물컹거린다 젖은 뼈를 추려 공단이 들어서는 공동묘지를 돌아나오는 새벽길의 사람들, 버드나무 늘어진 가지와 안개들이 차창에 휩쓸려든다 앞자리 의자 밑에 삼베 천에 둘둘 말린 종숙의 육탈된 뼈 몇 춤 놓여 있다 덜컹거리며 재 넘어 마른 강줄기 따라 팍팍한 먼지 길 들어가는 버스 안의 구겨진 얼굴들

밤나무 마른 잎이 서걱대고 큰집 안채는 그을음 쓰고 내려앉아 쑥바귀 속에 파묻혀 있다 아직 돌다리 맑은 물줄기 가늘게 감도는 강변에 버쩍 마르고 튼 군화 한 짝 뒹굴고 늙고 병든 밤나무 숲이 싸고 있는 마을 뒷산으로 삽 몇 자루로 모여든 사람들, 종숙의 거친 세월 칠성판을 묻는다 송장메뚜기 날아오르는 산그늘 속에 꺽꺽 묻히며 붉은 흙을 퍼 올린다

북쪽 벼랑

거칠고 단조로운
총만 겨누어도 호흡이 무너지는 푸른 잎들
떨어져 박히는 그 아래
병풍을 세우고 어머니들 우신다
흩어지는 낱말들 꽃잎들 길들
드르륵 늦봄의 그 붉은 혀를 밀고 들어서면 북쪽
흰옷의 여자들 수천 겹 다가와 엎드려 쌓인다
육탈된 사내들의 방 바깥 겹겹

펄렁대는 꽃벼랑
자욱하게 피어오르는 붉은 소리 끌어당기며
피끝마을 휘돌아 흐르는 불의 물결 어머니들
땀땀 수놓은 십장생도 책을 펼쳐 들면
구름 걸린 산을 끌고 꺽꺽 물이 흐른다
청홍의 치마저고리 햇살 부신 세상 속으로
우우 무너지는 병풍들 꽃잎들
다 늙은 우시는 어머니들

빌려 입은 옷

속은 걸쭉한 죽사발이었다
시즙과 흙들이 부둥켜안고
정수리, 육탈된 검은 뼈, 길게 자란 흰 머리칼
한입 진흙 물고 아버지
클클 웃으신다
너의 육체는 내가 빌려준 옷에 불과하다 너의 육체는 클클

그 우울과 쾌활 속에
엷은 비닐 천막을 치고 삽 아래쪽에 머리칼을 묻는다
너의 육체는 내가 빌려준 옷
산을 끌어안고 푸들거리는 강물
거칠게 나무 이파리를 뒤집으며
염천의 땅 위로 쏟아지는 폭우

불완전한 문장

완전한 연소의 끝이라 생각했던 그 옛집의 부엌은
불 같고 어떤 혐오를 닮아 있는 문장을 따라나선 것 같다
사람들은 오래전에 그 낡고 어눌한 구조를 버렸다
문이란 문은 이그러졌거나 미풍에도 흐느적거렸잖은가
그러한 집의 그래도 견고한 부엌문이
누군가에 의해 밀쳐진 듯 비쭉이 열리고 있다
웬 여자들이 증오의 시선으로, 어렴풋이, 그림자처럼
밖을 내다본다 비녀를 지른 듯한 여자들이
한 무리 부엌 아궁이 곁에서
우두커니 낱말이나 문장을 잃어버린 듯한 표정으로
불기도 구원도 없는 부엌을 지키고 있다

수세미로 문지른 듯 줄무늬 투성이인 늙은 문장이 어눌
하게 꿈틀대며 그 부엌문을 나온다

문장의 첫머리가 검붉다

숫제 여자들은 절름발이인 듯도 하다
기어나오는 허약하고 비틀대는 문장을 가로막으며

중성인 듯 남색인 듯한 누군가가

내게 책을 권한다

딱딱한 쇠붙이의 문장들이 웃고 있다 화려한 문양의 십장생도가

그려진 속을 내보이며 건장한 사내들이 우스꽝스럽게도

그 안에 들어앉아 있다

부엌으로부터 멀리 나는 책을 들여다본다

벼랑이다 아득한 벼랑

겹쳐진 시간의

그 많은 문맥들 이쪽과 저쪽에서 소외된 여자들

그 사이에 나는 있다

길은 좁고 공사 중 서행이다 사내들은 출타 중이다

빈집 또는 환각이라는 문장이 거침없이 따라나온다

이 문장의 중간 지점에서 나는 길을 잃어버릴지도 모른다

저 굳게 닫힌 십장생도 그 문맥의 광을

열어 보고도 싶다

그러나 먼저 불기 없는 부엌에 불을,

검푸르고 낮고 음울하게 마당귀로 목을 늘어뜨리고 늙은 문장이 몇 마디 낱말을 잇는다

부엌은 여전히 불안하고 어둡고

불완전하기만 하다

고정된 풍경

어둡고 저문 날 문장을 잇던 손을 멈추고 바라보는
모든 풍경은 식은 쇠 화로 속에 덜걱거리는 갈탄처럼 무
겁다
돌같이 덜걱거리는 소리를 내는 문장의
후미진 곳에 광택을 잃은 옹기그릇들이 쇳덩어리처럼 달
라붙어
마르고 탈색된 잡풀 사이로 언뜻 보인다
이렇게 시작하는 마음은 빈집의 마당 또는 석순처럼 굳
어진
문장이다 녹이 낀 듯 몇 꺼풀의 어둠인 채
이쪽과 저쪽의 문맥 바깥으로 빠져 달아나는 시간의
그 무슨 푸르스름하고 뱀 같은 형태들이
우둘투둘한 한 뙈기의 자갈밭으로 굳어지는 어둡고 저
문 날
풍경의 외곽으로 여자들의 기구한 생애가 삭제된다
거무스름하게 거친 문장 사이 마모되기라도 한 듯

습지의 머위잎처럼

삭제된 풍경을 절개하면
그 속의 시간이라는 것은
시큼하다 못해 쓰거워진 김칫독과도 같다
뒤섞인 세월의 혼돈이나 파렴치함으로
그 어둡고 붉은 속으로
피 냄새가 좀체 가시지 않는 오월의 문맥을 끌고가듯
땟국을 끌고가는 늙은 여인들 또는 문장들
기억이 내장된 옷가지 보퉁이를 비끌어 안고
석양 속으로 쇳덩이처럼 무겁게 걸어 들어가는 거지
떼 같다
그래, 또 쓰겁다고 쓰면 그 문장은
머위잎이다
삶아 물에 담구어도 쓰겁기만한 생애일 것이다
피 냄새가 가시지 않는 마을의 구석구석
엉겨붙은 얼룩들 위로 파렴치한 세월이 웃자라 있듯이
늙은 여인들이 삭제된 풍경 속에
습지의 머위잎처럼 무성하다

꽃상추밭

횃불은 쉼 없이 탔다

긴 세월 바깥에서 옥수수와 수수
자욱하게 흙바람을 일으키며 오랑캐 사내들이 여인들을
쌈 싸 갔다
한국식료품사 미친 갈피 사이
아득한 길을 뜯어 발기며
입이 찢어져라 쌈 싸 먹는 법을 배워 간
몽고 놈들이 있다

거친 마당귀 꽃상추밭 검붉다

기다림

파밭이 탄다
불타는 들판의 연기가 산허리를 감고 돈다
나지막하게 울먹이며 풀어지는
불그레한 산이며 젖가슴이며
뭉싯거리는 품 안이며
떠난 사람들 돌아오지 않는 빈 들녘
고요히 타는 파밭

불의 가장자리

공허하고 쓰다 아니
뚱뚱하고 두텁다
피륙이 늘어지듯 여윈 나무들을 덮으며
불을 삼킬 듯
5층으로 밀려 올라오는 어둠
어둠의 안쪽 깊숙이 나는 그저 웅크린 채
놓여져 있다 불은 흐릿하게
꺼질 듯 켜진 채 갖은 소리를 흡입하는
물 묻은 솜뭉치마냥
방 안 구석을 고요히 밝히고 있다

불의 가장자리
무겁고 낮은 소리 속에 피 국 건더기같이 웅크리고
앉아 있는 나는 혹은 그들은
할머니는 어머니는
오래전부터 거기에 그렇게 놓여진 듯하다
부엌문들은 남쪽으로 열려 있다

그을음 떨어지는 소리

불꺼진 아궁이 재 가라앉는 소리
살창을 집어뜯듯 짙은 노을 저문 쪽으로 그들은 앉아
어둠의 중심으로 밀리는
소리와 모든 빛을 되튀겨내는 듯한
부엌의 우울한 세간을 마주 보며 놓여 있다

텁텁한 바람 소리가 끌고오는 어두운 되풀이되는
비 듣는 소리 강물 넘치는
풀잎 흐트러지는
소리가 밀려오는 불의 가장자리에
그들은 두텁게 놓여져 있다

텅 빈 채 젖어드는
길을 뜯어갈 듯 질주하는
차량 소리를 듣고 있다
흐릿하게 켜진 불의 중심 그 고요를 찌르고
거무스레한 천장을 가르며 지나가는
날카로운 또 하나의 불을 마주 보고 있다
웅크린 채 그저

아스레하게 켜진 불의 가장자리에

두텁게 둘러앉아 있는 죽어 버린 시간의 저 안쪽을
오랫동안 막막하게 지켜온 듯
나는 혹은 당신은
모든 소리를 듣고 있다

차광 유리

바깥은 격렬하다
발광하는 빛,
그것은 나의 내부의
형식인가

조용하고 유연하게 가등이 켜진다 깊고 건 땅의 가장자리
건너가고 싶다 나는 이 광채를 지워내는 세상을
끊이지 않고 집요하게 헤치며

으으 그러나
이어지지 않는 되어지지도 않는
전혀 투과가 불가능한
미끄러운 암벽이다 세상은
사방에 검은 유리를 세우며 저 안쪽에선 누군가가
백열등을 또 환하게 켠다
시선은 더욱 부서진다
숙련공의 손인가,
날리는 먼지가 확연하게 드러나 보이는
가등과 백열등 사이의 세상, 인공의 빛 사이

격렬함을 조금씩 감추며 나는
쓰러질 것만 같다

광채가 죽은
얼어붙은 포도즙같이 피 칠한
소란하고 비참한 세월은
기이한 형식인가

저녁 블라인드가 내려져 있는 창 바깥에 일정하게
집요하게 균등하게
잘리어진 채 붙어서 싸늘히 식어가며 집중되어 있는 나는
광채를 지워내는 저 검은 세상의 창을 가로질러
이르고 싶다 깊고 건 땅
꽃대궁이 속에

극락조

일정한 방향으로 쏟아지는 화살촉 끝에 묻은 정신이다
부드러움에 묻으면 독이 되어 번지어 돋아나는
끔찍하게 아름다운 꽃이다
불과 술을 섞어 빚은
도깨비바늘 같은 미친 열망 아래 깊이 뿌리 내리는

탄트라

삭은 쇠 가락 같은 어둠의 피륙을 밀어 올리며 어린 나
무 돋는다
느리고도 계속적인 마치 기둥처럼 백열과 한랭을 껴안고
흐르는 검은 피의 떨리는 움직임 속
부드럽게 또는 낮게 여린 풀잎 사이로 나무는 나무 한
그루를
일으켜 세우며 돋는다

무수한 분묘이장공고를 나부끼는 바다

나무들이 우거진 숲
그 관념과 책들의 숲을 지나 다다른 곳은
모든 간섭 무늬들이 풀어지는 길들로 뒤엉켜 있는
저 대륙을 휘감고 있는 바다였다
오, 가엾은 어머니들의 생애가 밀려가 있는
뻑뻑하고 검붉은 육체들이 펄렁대는 강의 하구였던 것이다
붉고 푸르고 아픈 육체들이 무덤을 이룬 채
고체로 굳어 있거나
깊고 아득하게 열려져 있는
저 마천루의 바다였다
그러나 그 위에 무수히 나부끼는 분묘이장공고를
누군가가 문득 보고 만 듯
바다는 쉼 없이 술렁대고 있었다

정화진

1959년 경북 상주에서 태어나 1986년 《세계의 문학》 가을호로 등단했다.
시집 『장마는 아이들을 눈뜨게 하고』가 있다.

고요한 동백을 품은 바다가 있다

1판 1쇄 펴냄 1994년 12월 15일
개정판 1쇄 찍음 2007년 4월 16일
개정판 1쇄 펴냄 2007년 4월 20일

지은이 정화진
편집인 장은수
발행인 박근섭
펴낸곳 (주) 민음사

출판등록 1966. 5. 19. 제16-490호
서울시 강남구 신사동 506번지 강남출판문화센터 5층 (우)135-887
대표전화 515-2000 / 팩시밀리 515-2007
www.minumsa.com

값 7,000원

ISBN 978-89-374-0579-2 03810